오늘, 내 마음이 듣고 싶은 말

지친 마음을 다독이는 행복 엽서

오늘, 내 마음이 듣고 싶은 말

해성 지음
이단비 캘리그래피

팬덤북스

머리말

오늘 하루는 지금 이 순간에 시작되며, 행복도 지금 이 순간
에 결정됩니다. 지금 이 순간이 행복해야 오늘 하루가 행복하
겠지요. 아침마다 생활 속에 품고 있는 부처님의 말씀을 만나
면서 우리 모두 하나가 되어 서로 행복을 나누는 소중한 시간
을 만들고 싶었습니다.

주위를 둘러보면 우리가 살고 있는 넓은 세상에는 많고 많은
소중한 인연들이 모여 있습니다. 우리는 서로 알게 모르게 도
움을 받아 가며 살아갑니다. 그 고마움을 알고 모르고의 차이
는 자신이 받아들이거나 받아들이지 않는 차이입니다.

누군가는 대자대비하신 부처님의 가르침을 중생들에게 전
해야 한다고 생각했습니다. 매일 아침이면 삶과 자성의 깨달
음에 조금이나마 도움이 되기를 바라는 간절한 마음으로 카카
오톡과 BBS 불교방송 문자 메시지를 통해 가르침을 공유하고

있습니다. 받아들이고 받아들이지 않고는 이 글을 접하시는 모든 분들의 소중한 인연이라고 생각합니다.

누구나 행복을 간절히 원하지만 항상 행복하지는 않습니다. 자신이 원하는 대로 안 되면 괴로워하며 방황하기도 합니다. 고통의 순간에 절망하거나 불평하기보다 소중한 부처님의 말씀을 통하여 자신만큼 어렵고 힘든 이들을 한 번 더 돌아보았으면 합니다. 그리하여 지금보다 큰 시련도 이겨 낼 힘을 갖기를 바라는 마음입니다.

모든 일은 시작이 아주 중요합니다. 시작이 좋아야만 끝이 좋으니까요. 시작의 중요성을 깨치라는 뜻으로 어른들은 시작이 반이라는 말을 많이 들려주셨습니다. 아침마다 희망차고 긍정적인 마음으로 하루를 시작한다면 우리의 꿈과 희망을 이룰 멋진 삶이 될 것입니다.

사실 카카오톡과 문자 메시지로 전한 글들은 휴대폰의 특성상 한 번 읽고 흘려버릴 수밖에 없는 형편이었습니다. 마침 팬덤북스 박세현 대표님께서 우리의 삶에서 꼭 듣고 싶었던 말들을 영원히 가슴속에 간직하도록《오늘, 내 마음이 듣고 싶은 말》이라는 책으로 간행해 주어 깊은 감사를 드립니다. 항상 격려해 주시는 법산 큰스님과 반영규 회장님께도 깊은 감사를 드립니다.

오늘도 좋은 생각, 좋은 말, 좋은 행동으로 좋은 결과를 맺기를 발원합니다. 아름다운 마음으로 희망찬 오늘을 열어 가시기를 부처님 전에 두 손 모아 기원드립니다.

해성 합장

말을 적게 하고 행동을 조심하며
마음이 항상 선정을 즐겨하면
하나를 지켜 언제나 고요하리.

– 법구경

- 법구경 -

크든 작든 간에, 다른 이의
이익을 위한다 하여
자기의 참다운 이익을
소홀히 하지 말라

자기를 사랑하지 않으면서 남을 사랑한다 여기는
이는 자신도 타인도 사랑하지 못하는 불행한 사람입니다.

나의 희생이 타인의 이익인 동시에 나에게
마음의 평안을 주는 이익이기도 하다는
깨달음을 얻어야 진리가 찾아옵니다.

나만 생각한다 해서 참다운 이익이 되지 못한다는
사실을 깨우치려면 아집을 부수고 자비의
참뜻을 알아 가는 수행을 게을리하지 말아야겠지요.

욕심이 많은 이들 속에 있더라도
욕심을 내지 말고 즐겁게 살아가라
-법구경-

식물이 예쁘다고 물을 너무 많이 주면 웃자라거나
버티지 못하고 죽습니다. 맛있다고 계속 먹으면 살이 찌고,
운동도 지나치면 관절에 무리가 가지요.
생명 있는 모든 것은 적당한 선을 넘으면 신호를 보내는데,
인간의 욕심은 스스로 경고를 보내지도 않고
신호를 알아차리기도 참으로 힘든 대상입니다.

욕심의 늪에 빠지지 않는 최선의 방법은 애초에

욕심을 멀리하는 것입니다.

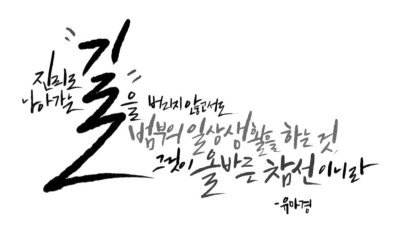

진리로 나아가는 길을 버리지 않고서도 범부의 일상생활을 하는 것 그것이 올바른 참선이니라 -유마경

평범한 일들을 하찮게 보거나

어쩔 수 없이 한다는 식으로 생각해선 안 됩니다.

대작을 쓰는 작가가 제 손으로 자기 책상 한 번 닦아 본 적 없고,

봉사 활동에 바쁜 부모가 제 손으로

아이 간식 한 번 챙긴 적이 없다면 어떨까요?

큰일이라는 명분으로 희생시킨 작지만

소중한 일은 고스란히 업보로 남습니다.

큰사람은 아침에 일어나 잠들 때까지
자기 주변을 제 손으로 챙기면서도
티 나지 않게 큰일을 도모할 줄 압니다.

잘못하여 나쁜 짓을
저질렀을 지라도
뉘우치고 좋은 일을하면,
세상을
밝게 비추게 된다
구름걷힌 하늘의 태양처럼
-법구경

잘못한 일을 바로잡지 못하는 이유는 두려움 때문입니다.

비난이 무서워서, 나에게 실망할까 봐,

혹은 들키지 않고 넘어가기를 바라는 마음에

일을 더 키우고 때를 놓치지요. 하지만 시간을 끌수록

구름은 더 짙고 무거워집니다.

스스로 용기를 내기만 하면
구름 뒤의 햇살이 드러나지요.

용기만으로도 절반은 용서받으며,
그다음은 생각만큼 어렵지 않답니다.

반성이 마음의 평화를, 이어지는 진심 어린 선행은
결국 나머지 절반의 용서를 가져다줄 테니까요.

백년을 살지라도
진리를 멀리하고 바르게 살지 않는다면,
하루를 살더라도 바르게 살며,
마음을 닦는 것만 못하다. - 법구경

오래 산다는 것은 좋은 일입니다. 왜 좋을까요?

사랑하는 사람들을 더 오래 보고,
많은 경험과 덕을 쌓을 수 있습니다.

후손이 자라 사회에서 새로운 희망을
열어 가는 모습을 보며
선배다운 조언도 해줄 수 있지요.

만약 이런 이유들이 없어도 우리는 오래 살고 싶어 할까요?
자기 수명의 길이는 물리적 시간이 아니라
어떻게 쓰느냐 하는 시간의 내용에 따라 정해집니다.

다른 사람을
편안하게
해 주는 일이
하찮아 보일지라도
그 과보는 아주 크다
지혜로운 사람은
이런 일에서
햇살 같은 행복을 누린다.
—법구경

하품이나 재채기는 전염성이 있습니다.
옆 사람이 하품을 하면
나도 모르게 하품을 하는 경우가 있지요.
우리의 무의식적인 행동이 생리적으로
주위 사람에게서 영향을 받기 때문인데,
심리도 마찬가지입니다.
내가 불안해하고 불편해하면 상대방도
불안과 불편함을 느낍니다.
미소 짓는 얼굴로 상대방에게 미소를 전염시켜 보세요.

마주 보는 편안한 얼굴에서
행복이 피어날 것입니다.

가난한 사람을
만나지 못하면
자비심을
낼 인연이 없을것이고
자비심을 내지 못하면
보시할 마음도
내지 못할 것이다.
　　　　　- 열반경

좋은 일을 하고 싶어도 기회가 없다고들 합니다.
어쩌면 우리는 영화에나 나올 법한
극적인 순간에 대단한 일을 해야만 가치가 있다고
생각하는지 모릅니다.
하지만 자비는 평범한 일들 속에,
일상 속에 스며들어 있어야 꾸준히
은은한 빛을 발합니다.
자비심을 낼 인연을 무심코 외면하며 살지는 않는지,
나 아니라도 다른 누군가가
도와주겠지 하며 지나치진 않는지,

사소하다 하여
외면하진 않는지
돌아보세요.

마음에 티없는 기쁨이
보름달처럼 가득하며
남을 헐뜯고 비난하는 마음이
없어진 사람, 그런 사람이
큰 사람이다.

-법구경-

여럿이서 대화를 나누다 보면
각자의 그릇이 보입니다.

같은 일을 두고도 의심하는
말을 많이 하는 사람,
소극적인 태도를 취하는 사람,
귀가 얇은 사람,
남을 헐뜯기 좋아하는 사람 등등
각자의 평소 사고방식이 드러나지요.
그럴 때 너그러운 마음으로 가만히 귀 기울이며
그 사안의 좋은 면, 밝은 면을 전하는 사람은
어느새 화제를 긍정적인 쪽으로 전환하고
다른 이들의 마음도 감화하게 됩니다.

부모님을 효성으로 섬기고
집안을 잘 다스려
처자식을 부양하고
헛된 행동을 하지 않는 것이
가장 행복한 삶이다.
-법구경-

집안이 평안해야 밖에서도 행복한 법이지요.

가족이 우리 개개인의 기초를

이루기 때문이 아닐까요?

기초가 튼튼하면 바깥세상 풍파도

우리를 쉽게
흔들지 못합니다.

부모님과 다투고 나서 하루 종일 마음이 찜찜하거나
경솔한 행동을 후회한 경험이 있을 겁니다.
가족들이 걱정하지 않게 잘 챙기고,

행동을 스스로 조심한다면
행복이라는 바탕이
일상에 늘 깔릴 것입니다.

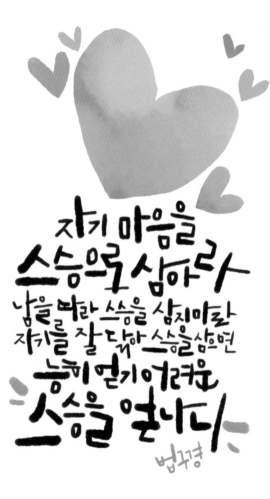

자기 마음을
스승으로 삼아라
남을 따라 스승을 삼지마라
자기를 잘 닦아 스승을 삼으면
능히 얻기 어려운
스승을 얻나니

법구경

남을 존경하기는 쉽습니다.
어린 시절 읽은 위인전에 나오는 인물들, 유명인,
내가 이루고 싶은 일을 멋지게 이룬 멘토 등
존경스러운 사람들이 많지요.
언제까지 그들을 존경만 할 것인가요?
남을 흉내 내며 뒤를 좇기만 해서는
진정한 자기완성을 이루지 못합니다.

스스로 나를 이끌고 깨우침을 얻도록
심신을 연마하세요.
내 안에 진짜 스승이 잠들어 있습니다.

분노하면, ??
진리를 보지 못하고
바른 길을 알지 못한다
분노를 버린 사람에게는
행복과 기쁨이 따른다
-법구경-

'화가 나서 제정신이 아니었다'는 말을 많이 하지요.
마음에 분노가 가득하면 우리 정신은
태풍이 지나가는 거리와 비슷한 상태가 됩니다.
태풍 속에서는 바람에 온갖 물건이 날아다니고,
비바람에 시야도 흐리고 불안정하지요.

이런 상황에서는 일단 눈을 감고
마음이 진정되기를 기다려야 합니다.

이때 잘못 내뱉는 말이나 결단은
마치 태풍이 지나간 후 더러워진 채
엉뚱한 곳에 떨어진 물건과 같으니까요.

온갖 생각은
물결처럼 흘러가고
애욕의 사슬은
칡넝쿨처럼
얽혀있다

지혜로운
사람은 이것을 알고,
애욕의 뿌리를 끊어버린다.
-법구경-

아름다운 것을 보고, 듣고, 만지고,
냄새 맡는 감각들을 아무 욕심 없이 순수하게
기뻐하고 사랑하는 마음은 갸륵합니다.
그러나 그것을 끊임없이 탐하고 집착하면 애욕의 사슬이
우리를 옴짝달싹 못 하게 감싸 옭아맵니다.
길가에 핀 꽃이 아름답다고 몽땅 꺾어
자기 집에 옮겨 두고 즐길 수는 없지요.

애정이 애착이 되지 않게
마음속 무수한 집착을 끊어 내야 합니다.

마음은 좋아하는 곳이라면
어디든지 그곳을 공상하여 날아간다.
"보이지 않으며
볼 수도 없고 미묘한 것,
그것이 마음이다."
-법구경-

여행하며 얻은 추억이 담긴 사진 한 장이면
우리는 그곳으로 언제든 다시 떠날 수 있습니다.
소중한 사람의 사진을 보아도 마찬가지지요.
이런 무한한 마음을 일상에 가두어 두지 마세요.

하루 중 언제든 답답하고 번잡한 때라면
잠시 공상의 날개를 펼쳐
내가 가장 편안한 곳으로 여행을 떠나 보세요.

마음이 자유로운 한 좁디좁은 방도
우리를 가둘 수 없다는 점을 기억하세요.

마음 속에
살면서
미워하지
않음이여,

나 삶은
더없이
행복하여라

사람들 서로서로 미워하는 가운데, 나만이라도,
나 혼자만이라도 미워하지말고
바람처럼 물처럼 살아가라

- 법구경 -

상대방이 스스로 뉘우치고
사죄해야 할 일을 저질렀다면
진심이 담긴 말로 충고하고 지적하되,
미워하지는 말아야 합니다.

미워하는 감정은 나의 마음을
부정적인 기운으로 물들일 뿐이니까요.
누군가를 미워하느라 나의 에너지를 고갈하다가는
결국 지친 마음만이 남습니다.
쌀쌀한 날 따뜻한 햇볕을 쬐고 싶다면
발걸음을 성큼 옮겨 그늘을 벗어나면 그만이지요.

"멀리 더 멀리 보는 이는 높이 더 높이 난다."

그는 결코 한곳에 머물지 않는다.
흰 새가 호수를 떠나 하늘 높이 날듯
그는 집착의 집을 떠나 높이 더 높이 난다.

- 법구경 -

높은 곳에서 아래를 내려다보면
나무가 아니라 숲이 보입니다.
하늘 높이 날아 숲과 언덕을 지나는 새는 숲과 언덕을 조망하지,
나무 한 그루나 풀 한 포기에 집착하지는 않아요.
일상에서 우리의 시야는 흔히 나무와 풀에 제한됩니다.
그럴수록 높고 멀리 보면서 한곳에 머물지 않는
자유로운 마음을 키워야 합니다.

낮고 가까운 곳과 아울러 높고 먼 곳을 보노라면
내 앞에 펼쳐진 세상도 보다 조화롭고 넓어진답니다.

어질고 착하고 행동을 같이하며
바르고 굳센 동무를 얻어 짝하면

"모든 어려움을
무릅쓰고
나아가 마침내
편안하고
즐거울것이다"
-법구경-

진짜 친구는 어깨를 나란히 하고
함께 인생의 길을 걸어갑니다.
문득 옆을 보아도 언제나 곁을 지켜 주는
친구의 존재는 세상 어떤 공허함도 채우지요.
저마다 만나고 어울리는 사람은 많지만,
진짜 친구가 없는 사람이 의외로 많습니다.
편안하면서도 존경스러우며 너그럽고 올곧은,
무엇보다 나와 주파수가 맞는 친구가 있으신가요?

과연 나 자신도
누군가에게
그런 친구인가요?

시간이 지나 돌이켜 보아도
후회가 없고,
내내 보람이되어 기쁨을
불러온다면
이 어찌 착한 일이 아니겠는가
-법구경-

무언가 결정을 앞두고 망설인다면
마음에 걸리는 부분이 있기 때문입니다.
마음 쓰이는 부분들을 종이에 죽 적어 보세요.

지금의 상황, 연관된 사람들,
나의 결정이 불러올 결과들을 모두 검토하세요.

이기심이나 안일함의 유혹을 조심하며
모두에게 최선인 결정을 내려야 합니다.

그렇게 나의 마음에 떳떳한 결정을 신중히 내리면
시간이 지나도 후회할 일은 없답니다.

만족할 줄 모르는 사람은
아무리 부유해도 가난하며
만족할 줄 아는 사람은
비록 가난하더라도 부유하다.
-유교경-

정말 갖고 싶은 물건을 막상 갖게 되면 너무나 기쁘겠지요.

그러다가 기쁨의 순간이 지나면 그저

평범한 물건이 되어 또 다른 욕망이 생기는 경험이 있을 겁니다.

작은 것에도 만족할 줄 알면

우리 마음은 그 자체로 충분해집니다.

계속해서 더 갖기를 원하는 한
아무리 가진 것이 많아도 가난하지요.
마음의 결핍은 지금보다
많이 가진다고 채워지지 않습니다.

내가 이미 가진 것을 돌아보며 만족해하면
결핍은 자연스럽게 사라집니다.

기쁠 때는 기뻐만하고
기쁜 일 외에는 아무것도 생각지마라
슬플 때는 슬퍼만하고
슬픈 일 외에는 아무것도 생각지마라
-법구경-

기쁜 일이 있으면 실컷 기뻐하세요.

아직 오지 않은 미래를 걱정하거나,

당장 해결되지 않을 고민에 마음 한구석을 내주지 말고

이 순간의 소중한 선물을 마음껏 즐기세요.

마찬가지로 슬플 때는 감정에 충실해서
실컷 울고 슬퍼하세요.
억누르고 미룬다 해서
슬픔이 사라지던가요?

기쁨이든 슬픔이든 다른 어떤 감정이든,
순간의 감정에 온전히 빠져들어야
매 순간을 충실히 사는 것입니다.

믿음은
지혜의 공덕을 낳게하며
진리에 증락
하게한다.
믿음은
깨끗하고 예리하여
영원히 번뇌의 무리를 끊게한다.

- 대승집보살학론 -

우리 인간은 나약하고 번뇌로 가득한 존재입니다.
세상의 수많은 종교는 그런 인간이 의지할 곳을 찾기 위해,
즉 믿음을 갖기 위해 생겨났다고 할 수 있지요.
믿음은 슬픔이나 공허함, 불안, 외로움 등
인간의 숱한 번뇌와 유혹 앞에서도 흔들리지 않는
따뜻한 안식처이자 삶의 뿌리가 되어 줍니다.

삶을 지탱해 주는 진정한 믿음,
지금 이 순간 잠시 마음에 떠올려 보세요.

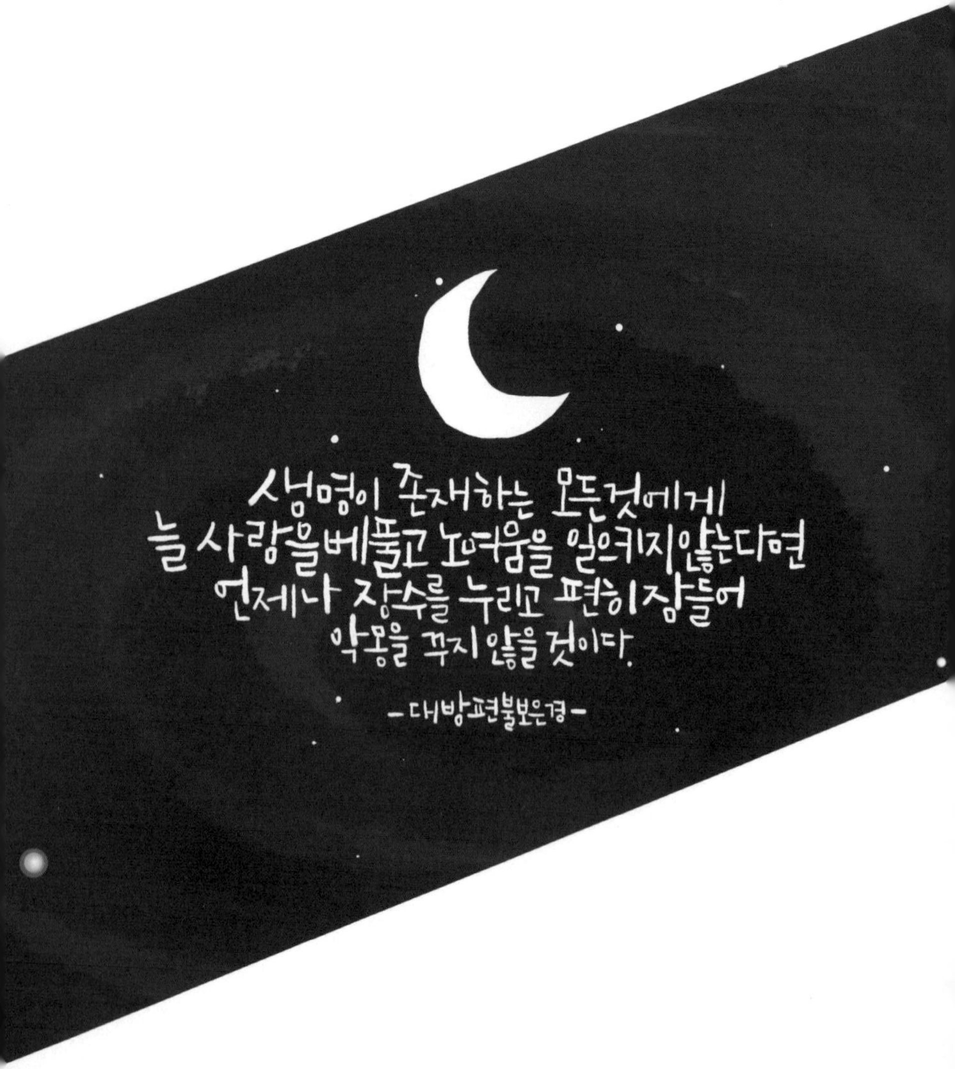

살명이 존재하는 모든것에게
늘 사랑을 베풀고 노여움을 일으키지않는다면
언제나 장수를 누리고 편히잠들어
악몽을 꾸지 않을 것이다.

─ 대방편불보은경 ─

삼라만상에는 모두 저마다 생명의 몫이 있습니다.

나로 인해 그들이 존재하며,

그들로 인해 나도 존재하는 법입니다.

그만큼 서로가 서로에게 귀하고 의미 있는 존재지요.

그래서일까요? 육바라밀 가운데 첫째가 보시입니다.

보시는 나머지 다섯 가지 덕목이 강조하는

나 자신의 수행을 넘어 타인을 배려하고

보살피는 것을 강조하지요.

모든 생명에 자비를 느끼고 실천하는 것은
곧 나 자신의 기쁨이자 행복이 되어
평안과 장수를 누리게 합니다.

모든
사람은
저마다
이익을위해
각각 마음속에
하고싶은 것이 있다.
마음 속에 바라는 것은
똑같으나

땀흘려노력
하는 자만이
얻을수있다

- 별여잡아향그 -

욕망이 없는 사람이 있을까요?

자칫 욕망은 버려야 할 대상이라고 오해하기 쉽지만,

생명 있는 존재에게 욕망은 당연한 것입니다.

무언가에 부족함을 느끼고 채우려 하는 마음이 없다면

수행의 길도 애초에 불가능하겠지요.

다만 올바른 욕망을 품어야 합니다.

당장의 일상과 관련된 바람이든,

큰 깨우침을 얻고자 하는 바람이든,

간절한 마음에 뒤지지 않는 실천과 노력이 따라야

성취할 수 있다는 사실도 명심해야 합니다.

드넓은 바닷물이라도
쉬지 않고 퍼낸다면
언젠가는 밑바닥을
보게 될 것이다.

- 대아미타경 -

한없이 높아 보이는 벽 앞에서

지레 겁먹고 포기한 적 있으신가요?

최선을 다해 노력해 보자 다짐하기도 전에

'불가능'이라는 낙인을 찍어 버릴 필요는 없습니다.

현실의 여러 사정으로 인해

조금 돌아가는 길을 택하는 것이라면

아무도 당신을 나약하다 비웃지 않습니다.

다만 사는 동안 두고두고 미련이 남을 듯하다면

목표를 포기하지는 마세요.

시간이 더 걸리더라도 한마음으로 노력한다면
높은 벽도 점점 낮아진답니다.

12 "벽암록"

세상에서 가장
귀중한 시간은
지금 이 시간이요,
세상에서 가장
귀중한 생각은
지금 이 순간의
생각이다.

힘들 때면 종종 과거로 돌아가고 싶다는 생각을 합니다.

어떤 이는 지금보다 나았던 가까운 과거로,

어떤 이는 10년 전 젊은 시절로 되돌아가고 싶어 하지요.

하지만 생각을 조금만 달리해 볼까요?

힘들다고 생각하는 지금 이 순간이

그토록 돌아가고 싶은 과거가 될지도 모릅니다.

어차피 시간은 우리 힘으로 거스를 수 없습니다.

현재에 충실하고 깨어 있는 생각으로 지금을 채워야만
조금이라도 나은 또 다른 현재로 나아갑니다.

지붕잇기를
총총히하면
비가와도 새지않듯,
마음을 단단히
거두어가지면
탐욕이 풀지못한다.

ㅡ 법구경

유혹은 우리 마음의 빈틈을 결코 놓치지 않고 파고듭니다.
유혹이 다가오는 순간에 절대 흔들리지 않으리라
다짐해 봐야 이미 늦습니다.

어떤 지붕이든 미리 점검하고 빈틈을 살펴 메워 둬야

견고히 자리 잡아 비를 막아 주듯,

평소에 작은 욕심이나 번뇌가 나를 흔들지 못하게
마음 단속을 게을리하지 말아야 합니다.

그러다 보면 큰 유혹이 찾아와도

빈틈을 찾지 못해 제풀에 사그라지지요.

자애로운 마음으로 탐욕을 끊고,
연민하는 마음으로 노여움을 끊고,
기뻐하는 마음으로 불쾌해하는 마음을 끊고,
집착에서 떠난 마음으로 탐욕과 성냄을 끊어라

- 열반경 -

선과 악이 함께 존재한다는 것은 참으로 오묘합니다.

세상이 곧 우리의 업보로 가득 차 있다는 뜻 같기도 하고,

선악의 갈림길에서 끊임없이 선을 행함으로써

악을 상쇄해 가는 과정이

곧 진리의 길이라는 뜻 같기도 합니다.

모자라면 채워야 하고, 넘치면 비워야 하지요.

그럼에도 악에 악으로 대응하는 것은

더 깊은 악을 낳을 뿐입니다.

악은 선으로만 끊을 수 있습니다.

지혜로운 사람은,

착한 생각을 하고
착한 말을 하며
착한 일을 한다.
이런 사람은 좋은 칭찬을 듣고
형벌에 대한 두려움이 없다. -중아함경-

'미움받을 용기'라는 말을 들어 보셨을 겁니다.

이 제목을 단 책의 인기는 우리 마음의 나약함을 보여 주지요.

많은 사람이 남에게 잘 보이려 애쓰고,

다른 이들의 시선을 의식하느라 에너지를 낭비합니다.

마음이 올바르고 선행을 베푸는 사람은 그 자체로 떳떳합니다.

내면에서 우러나는 착한 생각과 말과 행동에는
자연스럽게 칭찬이 따릅니다.

그럼에도 나를 미워하는 사람은 마음에
미움이 자리 잡은 불행한 사람일 뿐입니다.

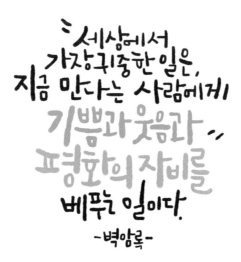

세상에서
가장귀중한 일은,
지금 만나는 사람에게
기쁨과 웃음과
평화의자비를
베푸는 일이다.
-벽암록-

만나면 언젠가는 헤어지는 것이 세상 이치입니다.

그렇다고 늘 헤어짐을 준비하고 살 수는 없지요.
하여 우리는 매 순간 인연을 소중히 아끼고 감사해야 합니다.
지금을 공유하며 사는 사람들에게 더 많은 기쁨을 주고
행복을 나눌수록 내 마음에도 기쁨과 행복이 쌓여 갑니다.

오늘 하루 내가 만난 사람들을 떠올려 보세요.

그들은 나와 함께하는 동안
얼마나 많이 웃고 위안을 얻었을까요?

인색한 마음을
버리고
조건 없는
깨끗한 베풂을
실천하라
이승에서나
저승에서나
기쁨은 항상 저기 있느니라
- 아함경 -

나누려는 마음은 화수분입니다.
아무리 퍼 준다 한들 고갈되지 않는데
아낄 이유가 무엇인가요?

하나를 내주고 하나를 받아야만

기쁨이 채워지는 것이 아닙니다.

하나를 내주고 그 자체로 기뻐하면

복이 배가되어 내 마음을 다시 충만하게 채워 줍니다.

이런 기쁨을 온전하게 느끼지 못한다면

내 마음이 닫혀 방어적으로

계산하기 때문은 아닌지 살펴야 합니다.

모든 것을 밝게 알고
모든 존재에 집착하지 않으며
모든 욕망에서 멀리 떠나라
그 속에서 기쁨으로 사는 사람이야말로
진실로 혼자 사는 삶이라
일컬을 수 있다

- 잡아함경 -

아무와도 어울리지 않고 홀로 살면서

혼자 깨우침을 얻고자 하는 삶은
방어적인 고독자의 모습일 뿐입니다.

세상을 피하는 것은 세속을 초월하기와는 전혀 다릅니다.

세상일에 두루 관심을 기울이고,

사람들과 맺는 관계 속에서 깨달음을 얻어 가며,

또한 사람들에게 베풀며 욕심 내지 않는 삶.

이런 삶이야말로 어떤 환경에서도 자신을 지키고
평온을 느끼는 고고한 삶이라 할 수 있지요.

병이 없는 것이
가장 큰 이익이요,
만족을 아는 것이
가장 큰 부유함이다.
- 법구경 -

몸이 아프면 정신도 함께 앓지요.

게다가 내가 아프면 가족과

가까운 이들의 마음에도 근심이 드리웁니다.

내 몸을 챙겨야 하는 이유는 나를 위해서만이 아닙니다.

자식이 아프거나 자기 몸을 함부로 하면,

부모님이 편찮으시거나 몸에 이상을 느끼면서도 숨기시면,

혹은 사랑하는 이가 아프면 내 마음이 어땠는지 떠올려 보세요.

나를 사랑하는 이들을 위해서라도
내 몸을 살피고 지킬 줄 알아야 합니다.

사랑스럽고 예쁜 꽃이
빛깔도 곱고 향기가 있듯,
아름다운 말을 바르게 행하면
반드시 복이 있나니

-법구경-

속마음은 그렇지 않은데 말투가 퉁명스럽거나

상대방 가슴에 아픔이 되는 말을 하는 사람들이 있습니다.

특히 가까운 사이일수록 그러기 쉽지요.

그를 잘 아는 이들은 표현에 서툴 뿐이라고

이해는 하면서도 기분이 좋지 않지요.

같은 말이라도 이왕이면 웃으며 따뜻하게 건네면

상대방에게 기분 좋은 에너지를 전해 주며,

나 자신도 빛나고 향기로워집니다.

마음은 마치
파도치는 물결과 같아서,
물결이 출렁이면
일렁이고 왜곡되어
제대로 보이지 않는다.
바람 한 점 없이 고요하고 맑으면
모든 것이 제 모습을 드러낸다. -화엄경-

자기 마음도 잘 모를 때가 있습니다.

특히 흥분한 상태에서는 생각도 갈피를 잡지 못하고

이랬다저랬다 불안하게 헤매지요.

그럴 때면 크게 심호흡을 하며 눈을 감고

마음의 수면이 가라앉기를 기다려 보세요.

조급해서는 안 됩니다. 수면이 잔잔해지려면

물속 회오리부터 잦아들어야 하니까요.

격정적인 생각을 하나씩 지우고 비우며 기다리면
어느새 마음이 편안해지고 생각도 명정해집니다.

달처럼
부드러운 자세로
처음 사문이 된 것처럼
수줍고 겸손하게
마음을 단속하고
태도를 바르게하여
익숙한 일도 조심스럽게 하라

·잡아함경·

어떤 일에서든 첫발을 내디딜 당시의 마음을
계속 지켜 나간다면 얼마나 좋을까요?
누구나 한길을 가다 보면 시간이 흐름에 따라
익숙해지고 편안해지고 나태해집니다.
이럴 때 생기기 쉬운 실수는
처음에 서툴러서 저지른 실수와는 성격이 다르지요.

늘 초심을 기억할 수는 없다 하더라도,
자신이 기계적으로 행동한다고 여겨지면
처음의 설렘, 두근거림, 각오를 되새겨 보세요.

숫타니파타

비록 연꽃이 혼탁한 곳에서 자라지만 주변을 아름답게 가꾸어 주듯이, 가르침을 배우는 사람은 어지러운 사회를 밝은 미소로 환하게 해준다.

불행한 환경에서 살아온 사람에게는 편견을 갖기 쉽습니다.
겉으로 평범해 보여도 어둡고 비뚤어지고
위험한 마음이 숨어 있으리라 의심하지요.
연꽃은 흙탕물에서 양분을 얻어 자라지만,
꽃잎은 결코 더러운 물이 들지 않습니다.
아무리 힘든 환경에 속해 있었더라도
마음이 올바른 사람은 자신을 지킬 줄 압니다.

흐린 물만 보지 말고 사람 자체,
마침내 피어난 꽃의 밝음과
향기를 오롯이 바라보세요.

병든 이에게는
어진 의사가 되고,
길 잃은 이에게는
바른 길을 가르쳐주고,
어두운 밤에는
등불이 되어주고
가난한 이에게는
보배를 얻게하라

- 화엄경 -

베풂의 기준은 내가 아니라 상대방이어야 합니다.

체한 사람에게 차려 주는 진수성찬은 배려 없는 행동이지요.

자녀가 진정 원하는 것은 부모와 함께하는 시간임에도

아이를 학원으로 내몰고 있지는 않나요?

쓴 약이 필요한 사람에게 그저 달콤한 말만 건네지는 않았나요?

사람마다 필요한 것은 다릅니다.

내 기분에 따라 주는 것이 아니라,

정말 상대방에게 필요한 것이
무엇인지 고민해 보고 자비를 행하세요.

이로움을
주지않는
천마디 말보다
들으면 마음이 고요해지고
이로움을 가져다주는
한마티 말이
더 가치가 있다.
- 법구경 -

말이 넘쳐 나는 세상입니다.

너도나도 말장난에 열을 올리고 달변가가 되려 하며,

말 잘하는 사람이 시선을 끕니다.

그건 우리가, 이 사회가 조급해하기 때문은 아닐까요?

자신이 언제 말이
많아지는지 생각해 보세요.

조바심이 들면, 상대에게 잘 보이려 무리하다 보면

평소보다 수다스러워지진 않나요?

말이 많아질수록 더욱 조급해지고 실수만 늘진 않던가요?

침묵을 어색해하지 않고 천 마디 수다보단

듣는 이의 마음에 평안을 주는 말을
건네는 이가 그립습니다.

진실을
거짓이라 여기고
거짓을 진실이라
여기는
사람은
그릇된 견해때문에
진리를 얻지 못한다.
-법구경-

요즘은 정보가 실시간으로 흘러넘칩니다.
몇몇 지인 간에는 휴대 전화 하나로도
순식간에 새로운 소식들이 전해지고,
유명인 소식이며 국내외의 크고 작은 뉴스도
실시간에 못지않은 속도로 전파됩니다.
참 편한 세상이기는 한데, 많은 정보 속에 살다 보니
한발 물러나 진위를 찬찬히 생각할 여유와
신중함을 잃지는 않는지 반성할 대목입니다.

일상 속에서 내가 아는 정보가
진실인지 거짓인지
살피는 자세야말로 삶 전체의
진실한 가치를 바로 보는
혜안을 기르는 방법입니다.

-법구경- 오늘은
어제의 생각에서
비롯되고,
현재의 생각은
내일의 삶을 만들어간다.
삶은 마음이 만들어가는 것이니,
순수한 마음으로
말과 행동을 하면
기쁨이 따른다
그림자처럼

지금 내 마음의 그림자는

어떤 모습으로 드리워 있는지 자주 돌아보세요.

모나고 어두운 마음을 먹으면

자기도 모르는 사이 삶도 조금씩 팍팍해집니다.

나쁜 마음을 먹고 좋지 않은 생각을 하는 순간이

가까운 미래로 이어지고,

잠자리에 드는 동안의 생각은

꿈자리를 이어 깨어나는 아침의 내 마음으로

고스란히 전해지지요.

자신의 삶은 끊임없이 이어진
실타래 같음을 떠올리며
삶의 가까운 순간부터 전체 모습,
그리고 내세까지를 위해 늘 마음을 다스리세요.

원한은
증오심으로 풀 수 없다.
증오심을 버리는
용기로 풀 수 있나니
이것이 영원한
진리다
-법구경-

사무치는 원한을 품게 한 누군가에 대한 증오심과
복수심을 버리기란 말처럼 쉽지 않지요.
하지만 그 사람은 나뿐만 아니라
자신에게도 큰 죄를 지은 것입니다.

증오심을 버려야 하는 이유는
나 자신을 위해서임을 떠올려 보세요.
정당하게 바로잡을 일이라면 힘써 그렇게 하되,
이미 돌이킬 수 없는 아픔이고 상처라면

누구도 아닌 내 마음의 평안을 위해
나쁜 기운을 몰아내는 용기를 가져야 합니다.

전쟁터에서
수만명의 적을 이기기보다
자신을 이기는 것이 진정한 승리다.
자신을 이긴 사람이
가장 지혜로운 사람이니
마음을 지키고 자신을 다스려라
- 법구경-

우리가 가장 경계해야 할 것은
자기 마음에 휘둘리는 일입니다.

마음은 변덕스럽고 나약하고 이기적인 면모로
끊임없이 우리를 유혹하며 휘두르려 합니다.
다른 누구도 아닌 자기 욕망이고 나약함이라
우리는 쉽게 합리화의 늪에 빠지지요.
그런 마음을 단번에 다스릴 수는 없습니다.
조금씩 맞서고 설득하고 단속해야 합니다.
그렇게 매 순간 나를 지키고 연마하려 노력해야만
비로소 내가 나의 진정한 주인이 됩니다.

자신은 나의 최고이자
최상의 적이라는 사실을 기억하세요.

지혜로운 이를
만나는 것은
축복이다.
그의 곁에 살면서
진정한 행복을
찾아라

-법구경-

사람을 만나는 일은 처음에는 쉽지만
그 인연을 이어 가고 지키기가 녹록지 않지요.
서로의 됨됨이를 알아보는 눈과 상대방을 향한
진심이 통해야 흔한 만남도 비로소 긴 인연이 됩니다.
특히 꼭 곁에 두고 싶은 사람,
친구이자 스승으로 삼고픈 사람을 만나면
욕심이 생기지요. 소위 '인맥'을 쌓고자 하는
마음만으로는 진정한 관계를 맺을 수 없습니다.

상대방을 진심으로 대하고, 함께하며
서로의 지혜를 나누려는 마음이 있어야
인연 속에서 진정한 행복을 찾습니다.

착한 행위가
아직 무르익기 전에는
선행을 한 사람도
수난을 당한다.
그러나 선행이
무르익으면
그 속에서
행복을 맛본다.
- 법구경 -

좋은 마음으로 좋은 일을 하고도 내심 대가를 바란다면

애초의 좋은 마음과 행위마저 빛이 바래게 됩니다.

특히 사람을 향한 선행이 결실을 맺기까지는

인내의 시간이 필요합니다.

세상 풍파에 시달리다 의심과 원망이 깊어진 사람에게

단 한 번 선행을 베풀고서

그가 바뀌기를 기대해도 괜찮을까요?

선행이라기보다 이기적인 자기만족을 위한 행위가 아닐까요?

우리의 좋은 마음과 착한 행위가
소중한 인연 속에서
무르익기를 기다리며 믿어야 합니다.

꽃의 향기가
아무리 짙어도
바람을 거슬러 퍼질수없다.
그러나 순수한 마음에서 풍기는
덕의 향기는 바람을 멀리거슬러
세상끝까지 간다.

-법구경-

향수를 뿌리시나요?
향수의 기원은 위생이 좋지 않던 시절에
역겨운 체취를 감추기 위함이었다지요.
이제는 그런 용도로 쓰이지 않지만,
향수를 뿌린 사람 옆에 있으면
은은히 전해지는 향기에 기분이 좋아집니다.
사실 멋진 외모나 좋은 향기를 전하는 첫인상이라도
실망스러운 행동 하나로 깨지고 맙니다.

몸에서 나는 아무리 멋진 향도
내면의 향기를 이길 수 없습니다.

좋은 향수가 후각을 자극한다면
내면의 향기는 마음을 자극하니까요.

커다란 바위는

바람에 흔들리지 않듯이
지혜에 있는 사람은
칭찬이나 비난에도
마음이 흔들리지 않네

-법구경-

칭찬에 기분 좋아 하고

고마워하는 마음이야 어찌 잘못됐다 할까요?

다만 칭찬에 우쭐해져

교만해지는 것을 경계해야 합니다.

마찬가지로 잘못을 지적받아도
반성하고 잘하기를 다짐하는
마음을 가지는 것은 괜찮지만
의기소침해져서는 안 됩니다.
하물며 악의적이고 근거 없는 비난이라면
흥분해서 억울해하지 말고 평정심을 유지해야 합니다.

늘 일희일비하지 않는 마음으로
칭찬에는 겸손하고
비난에는 의연하게 나아가세요.

배우려하지
않는 사람은
무지한 소처럼
몸은 늙어가나
지혜는
자라지 않는다네
'법구경'

요즘은 마음만 먹으면
평생 공부하며 살 수 있는 세상입니다.
좋은 강연회나 문화 센터 등 기회가 넘쳐 나지요.
한 해 두 해 나이를 먹어 간다고 저절로 어른이 되고
현명해지며 지혜가 쌓인다고 생각하면 안 됩니다.
그렇다고 전문적이고 어려운 공부에
도전하라는 말은 아니에요.

나보다 나이가 적든 많든
늘 좋은 이야기에 귀 기울이고,

새로운 생각들도 열린 마음으로
받아들이려 노력하면서 평생 정진하는 것이야말로
내면의 지혜가 아름답게 자라는 삶입니다.

나는 의사와 같아
병을 알고 약을 말하는것이니,
먹고 안 먹는 것은
의사의 허물이 아니다.
- 유교경 -

나의 인생은 누구도
끝까지 책임지지 않습니다.

수많은 가르침과 충고와 인도 속에서도

우리는 잘못된 길로 들어서고 기회를 놓치곤 하지요.

그 책임은 온전히 자기 몫입니다.

역으로 생각해 보세요.

때로는 '내가 해줄 수 있는 건 여기까지'라는 마음으로
멈추어야 했던 적이 있지 않았나요?
잘못된 선택을 하려는 누군가를 성심껏 말려 보아도
안 되어 마음이 얼마나 안타까웠는지 기억해 보세요.
부처님의 지혜든, 주위 사람들의 애정 어린 마음이든
받아들이고 실천하는 사람은 바로 자신입니다.

물은 둥근 그릇에 담으면 둥글어지고
네모난 그릇에 담으면
네모가 된다. 하지만
물
자체는 모양이 없다.
수능엄경

우리 주위에는 융통성이 부족해
주변 사람들과 자신을 힘들게 하는 이들이 있습니다.
정말 아닌 일에 대해서는
'부러질지언정 굽히지 않겠다'는 결의가 필요하겠지만,
자신의 원칙이 무너지지 않는 한
아량과 포용력을 발휘할 줄 알아야 합니다.
물이 그릇에 제 몸을 맞춘다 해서
본질이 변하지는 않습니다.
스스로 중심이 확고하고
흔들리지 않는다면 자신을 주변 사람들이나
상황에 맞춘다 해서 문제가 될 것은 없습니다.

지나친 완고함은 혹시
자기 확신이 부족하기 때문은 아닐까요?

"후회없이"
사랑하라

수천의 생을 반복한다해도
사랑하는 사람과 다시 만나기란 드문 일이다.
그러니 지금 .....

사랑할 시간은
그리 많지않다.

- 입보리행론 -

'밀당'이라는 말은 이제
연애의 필수 기술이 되었습니다.
서로 상대방의 애정을
새록새록 샘솟게 하는 과정이라고도 하겠지만,
가령 '내가 더 사랑할까 봐' 두려운 마음 때문은 아닐까요?
이 사람이 정말 진정한 내 사랑일까
따져 보기에는 삶이 너무 짧습니다.
소중한 인연으로 이어진 둘 사이의 사랑은
사랑을 확신하는 마음으로 완성될 터입니다.

아낌없이 사랑을 표현하고,
사랑하는 지금 이 순간을
소중하게 채워 가세요.

복이 되지 않을거라해서
조그마한 선을 가볍게 여기지말라,
한 방울의 물이 모여
큰 강을 이루듯이
세상의 행복도
작은 선이 모여 이루어지는 것이다.

－법구경－

106

세상에 큰 변화를 가져오는 것은
거대한 규모의 일들이라고 여깁니다.
거대함은 조그마한 조각들이 모여 이루어 냅니다.
꽃 한 송이, 물 한 방울, 돌멩이 한 개, 나 한 사람,
그리고 작은 선 한 조각…….
따로따로 분리해 생각하면 하찮아 보일지라도
모든 존재는 연결되어 있습니다.
유기적 관계 속에서 거대한 흐름이 순환하는 것이지요.

오늘 하루 내가 느끼는 작은 기쁨들,
주고받는 작은 선행들과 말들은
그 자체로 소중합니다.

낮과 밤을
헛되이 보내지마라
세월의 빠르기는
번개와 같고,
사람의 목숨 빠르기도
그러하다.
-출요경-

누구나 어떤 일에 집중하다

어느새 훌쩍 지난 시간에 놀란 경험이 있을 겁니다.

물론 멍하니 빈둥거려도 시간이

훌쩍 지난 경험이 있을 테고요.

둘 다 시간은 우리를 기다려 주지 않는다는 점에서는 같지만,

전자는 지난 시간이 뿌듯하게 느껴지는 반면

후자는 허탈하고 시간을 낭비했다고 느껴집니다.

그렇다고 삶의 여유마저 지운 채

조바심치며 달려갈 필요는 없습니다.

여유나 휴식은 결코 헛되이 낭비하는 시간이 아니니까요.

쉬어 가되 두 번 다시 돌아오지 않는
시간의 소중함을 알고
유한한 삶을 알차게 채워 가자고
자신을 다독여 보세요.

해를 섬기는 것은
밝음 때문이요,
어버이를 섬기는 것은
은혜 때문이며,
의사를 섬기는 이유는
목숨 때문이고,
스승을 섬기는 이유는
법을 듣기 위함이다
-법구비유경-

110

어떤 대상을 아끼고 사랑하고 공경하기 위한
이유가 꼭 필요하지는 않습니다.
다만 가만히 들여다보면 순리라 할 이치가 숨어 있습니다.
밝은 해와 은혜로운 부모님, 병을 낫게 해주는 의사,
깨우침을 주는 스승을 섬기듯
우리는 살아가면서 삼라만상 저마다의 존재 이유를
존중하며 섬기는 마음을 품어야 합니다.

우리도 자신의 소중한 가치를 찾아
스스로 빛나는 존재가 되기 위해
노력해야겠지요.

-잡아함경

지혜로운 사람이

만은 재물을 얻으면
자신도 즐기며 잘 쓸줄 알고,
널리 보시해 공덕을 지으며
친척과 권속에게도 보시한다.

복권 고액 당첨자들이 얼마 지나지 않아 재산을 탕진하고
삶도 더 불행해졌다는 이야기를 들어 보셨을 겁니다.
갑자기 수중에 들어온 큰돈을
감당할 지혜가 부족했던 탓이지요.

분수에 넘치지 않게 삶의 작은 즐거움과 여유를 느끼고,

행운을 함께 나누어야 할 이웃들도 돌아보며

현명하게 보듬었다면 어땠을까요?

눈먼 쾌락은 곧 바닥을 드러내고
허무함을 남길 뿐입니다.

하늘이 칠보를
큰비처럼내려도
욕심은 오히려 배부를 줄 모르나니,
즐거움은 잠깐이나
괴로움은 많다는것을
어진이는 깨달아 안다.
-법구경-

벼르고 벼르다 여유가 생겨

좋은 옷 한 벌 사고 나면 신나고 뿌듯하지요.

그러다 이내 새 옷에 어울리는 구두가 눈에 들어오고,

가방이며 장신구 등 갖고 싶은 물건들에

욕심이 생겨 괜히 울적해집니다.

옷 한 벌에도 이럴진대 세상 차고 넘치는
온갖 재화를 아무리 수중에 넣어 본들
우리 물욕이 채워질까요?

욕심을 버리지 못하는 한 소유는
고로움의 순환 고리에 불과합니다.

따뜻한 눈으로
중생을 보면,
복 모여드는
이 바다처럼
넓어서
헤아릴 길이 없다.

- 법화경 -

태양은 땅 위의 모든 존재를 평등하게 비춥니다.

햇살은 작은 풀 한 포기, 커다란 나무 한 그루,

잔잔한 수면이나 크고 작은 동물 모두를 따뜻하게 감싸지요.

사랑에 빠지면 온 세상이 사랑스러워 보이고,

마음에 슬픔이 가득하면 세상도 쓸쓸해 보이지요.

결국 어떻게 바라보느냐에 따라

세상도 사람도 우리 마음을 반사하는 거울과 같습니다.

밖에서 모으려 하지 말고
내게서 무한히 뻗어 나가는
마음을 다스리세요.

추위와 더위를
가리지 않고
아침 저녁으로
"부지런히 일하면"
무엇이든 안 될 일이 없으리니,
마침내 근심걱정이
없어질 것이다.
'선생경'

무슨 일이든 하지 않을 핑계는 수백 가지입니다.

추워서, 더워서, 졸려서, 바빠서, 기분이 별로여서,

집중이 안 돼서, 약속이 생겨서, 이웃집이 시끄러워서…….

그런 핑계들에 하나하나 신경 쓰다 보면

계획은 흐지부지되기 십상입니다.

매일 짧은 시간만 투자한 일이라도 결국은

거대한 성과로 돌아온다는 사실을 기억하세요.

거창하지 않은 계획을 세우고 매일 그 시간만큼은

어떤 핑계에도 흔들리지 않는다면

꾸준함이 얼마나 착실히 쌓이는지 확인된답니다.

부처의
가르침을 들으면,
현명한 사람은
맑고 잔잔하고 깊은
호수같은 마음 지니네.
· 법구경 ·

마음이 산란할 때면 좋은 글귀나 말씀에
귀 기울이는 것만큼 효과 좋은 위안이 없지요.
물론 아무리 좋은 이야기도 마음과 귀가 닫혀 있으면
온전히 내게 스며들지 않습니다.

지혜와 진리의 가르침 앞에서는
가르침 자체에 집중하세요.

가르침을 들어 마음이 맑고 잔잔하고
깊어진 상태에서 다시 보면 그토록 무겁던 마음의
근심 걱정은 흔적 없이 날아가 버릴 겁니다.

스스로
자신을 다루는
사람이되어야,
다른 사람의
친임을 받을수있다.
-법구비유경-

우리 사회에는 사람과 사람 사이의 관계망이
거미줄처럼 얽혀 있지요. 그 망에 질서를 부여하려면
크고 작은 규모의 조직과 리더가 필요합니다.
꼬마 골목대장이든, 각 조직의 장이든,
정치인이든, 잡음 없이 존경받는 진짜 리더는 대개
주변 사람들이 먼저 따르고 인정합니다.

힘 있는 리더의 자격은 백 마디 말보다
솔선수범에서 나오기 때문이지요.

자신이 본보기가 되는 사람은 믿어 달라고
호소할 필요가 없습니다.

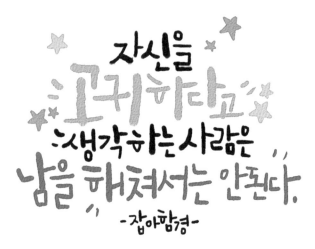

자신을 고귀하다고 생각하는 사람은 남을 해쳐서는 안된다.

-잡아함경-

부처님은 언제나 자신을

사랑할 줄 알아야 한다고 가르치십니다.

나만 고귀하고 나만 사랑스러운 존재라는 뜻이 아닙니다.

모든 존재가 결국은 자신을 가장 사랑한다는 진리를

깨달아야 중생에 대한 사랑도 베풀 수 있다는 말씀이지요.

자신에 대한 사랑만큼은 신분의 귀천이나

마음의 선악 따위와 아무 상관 없이 평등합니다.

나 자신이 소중하다면 똑같이
상대방도 소중하다는 사실을 잊지 마세요.

생명의
불멸을 모르고
백년을 살기보다
생명의
여원성을 알고
단 하루를 사는 편이 낫다.
-법구경-

육신의 죽음이 끝이라 생각하면 삶은 너무나 허망하고
죽음은 한없이 두려운 암흑이겠지요.
생명의 영원성을 모르는 탓에 조바심치고
끝내 채워지지 않을 욕망에 휘둘리다 수명이 다하면 어떨까요?
그러면 인생은 마지막을 두려워하며
사투를 벌인 한 줌 재로 남을 뿐입니다.
먼저 떠난 이들을 즐거이 추억하고,
또 다른 헤어짐이나 나의 떠남에 초연한 마음으로

복을 쌓고
깨우침을 얻으며
정진하세요.

옳은 일 옳다하고
그른 일 그르다 하는 사람이
바른견해를 가진
사람이라네
·법구경· 이러한 사람은
천상의 길로
돌아서리.

바른말 잘하는 사람은 미움을 사거나

모함을 당하곤 합니다.

그런데 가만히 보면 바른말 하는 사람 곁에는

마음이 바르고 떳떳한 이들만 있습니다.

더도 덜도 말고 있는 그대로 말하는 사람을

피하는 이유는 무엇일까요? 진실이 불편해서,

자신의 부족한 점을 지적하는 말을 듣기 싫어서는 아닐까요?

옳고 그름을 헤아릴 줄 알고,

내게 약이 되는
쓴소리도 해줄 사람이 있다면
가까이하며 배우려 노력하세요.

몸과 말과 마음을
흔들림 없이
지혜롭게 자제하는 이는

훌륭하게 자신을
통제하는
사람이다.

'법구경'

몸이 먼저일까요, 마음이 먼저일까요?
물질과 정신의 관계를 두고 수많은 학자가
다양한 이론을 내놓았습니다.
둘의 선후 관계를 하나의 이론으로만 설명하기에는
우리 몸과 마음은 너무 복잡하지요.
몸이 흐트러지면 마음이 흐트러지고
말도 경솔하게 나옵니다.
마음이 언짢으면 몸이 생각대로 안 움직이고
말에 가시도 돋치지요.

몸이든, 말이든, 마음이든,
흔들리지 않게 매 순간 살피며
자신을 통제해야 합니다.

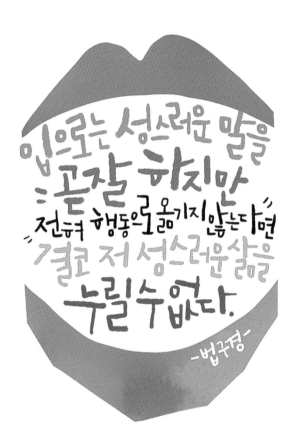

입으로는 성스러운 말을
곧잘 하지만
전혀 행동으로 옮기지 않는다면
결코 저 성스러운 삶을
누릴 수 없다.

-법구경-

행동이 말을 따라가지 못하는 것은

결국 거짓된 자기기만입니다.

폭우 예보에도 쨍쨍한 하늘처럼,

봄이 와도 피지 않는 꽃처럼 이내 허공으로 흩어질

공허한 말이 아무리 아름답고 성스러운들

세상의 이치를 전혀 알지 못한 채 자신을 속이는 것입니다.

경전을 닳도록 읽고 말씀을 수없이 되뇌는 삶보다는

단 한 줄의 가르침을
몸소 실천하는 삶이
진리에 더 가깝습니다.

행동과 지혜가
갖추어진것은
수레의 두 바퀴와같다.
자기도 이롭고 남도 이롭게하는것은
새의 두 날개와 같다.

ㄴ발심수행장

지혜로운 이는 신중하게 행동합니다.

행동과 지혜 어느 한쪽만 앞세우면

균형이 맞지 않는 바퀴가 되어

절뚝거리다 끝내 넘어지고 말지요.

나아가 보다 높은 곳, 보다 넓은 뜻을 향해

날아오르고자 한다면 균형 잡힌 날개를 펼쳐야 합니다.

행동과 지혜로
수행과 보시를 두루 살피면
비로소 양쪽 날개는 흔들림 없는
힘찬 날갯짓을 시작합니다.

거울중생의 마음은 거울과 같다.

거울에
때가 끼면,
사물의 모습이 보이지않듯,
중생의 마음에
때가끼면
진리가
보이지않는다

- 대승기신론 -

유리창을 깨끗하게 닦으면
기분이 상쾌해집니다.
정성 들여 닦은 자리가
투명하게 맑아지는 모습을 보면
마음까지 맑아지는 느낌이지요.

마음을 닦는다 생각하며 주변 먼지며

흐릿해진 유리창을 청소해 보세요.

깨끗해진 유리창을 보며

내 마음의 때를 걷어 내고 닦는
기쁨을 배우세요.

멋진 풍경도 고귀한 생각도

마음의 거울이 불투명하면

온전히 보고 받아들일 수 없습니다.

남을 가르치는, 바른 그대로
마땅히 자기 몸을 바르게 닦아라

다루기 어려운
자기를 다루지 않고
어떻게 남을
가르쳐 닦게하랴!!

"법구경"

최고의 교육은 본보기를 보이는 것입니다.

자신은 늦잠을 자고 험한 말을 내뱉으면서 자녀에게
일찍 일어나고 고운 말을 쓰라고 가르친들 소용이 없지요.

직장 선배인 자신은 실천하지 않으면서
후배에게 강요한들 비웃음만 사고 맙니다.
누군가에게 조언을 하기 전에 우선

나는 어떻게 하고 있는지 자문하고
엄격하게 평가하는 습관을 들이면 어떨까요?

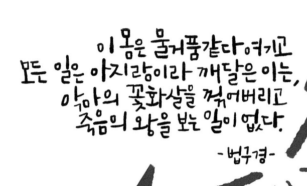

이 몸은 물거품같다 여기고
모든 일은 아지랑이라 깨달은 이는,
악마의 꽃화살을 꺾어버리고
죽음의 왕을 보는 일이 없다.

- 법구경 -

산은 산이고 물은 물이라고 했습니다.

하지만 산이 산의 형상이고 물이 물의 형상임을 보아서 알고

그리 생각한다면 아직 눈이 뜨이지 못한 상태입니다.

산은 산이 아니고 물은 물이 아님을 깨달아야

비로소 산은 산이고 물은 물이 되지요.

몸이 성장하고 늙어 가는 한평생 동안
머리카락과 손발톱, 피부의 각질과 수분이
매 순간 교체되면서 생명이 유지됩니다.

세상만사는 멀리서는 보여도
정작 가까이에서는 실체를 잡을 수 없는
아지랑이와 같습니다.

여러가지 고운 꽃을 모아
화만을 만드는 것처럼
사람도 좋은 업을 모아 쌓으면
저승의 좋은 결과로
= 복을 받나니 =

법구경

호의를 베풀었는데
상대방이 진심을 의심하거나
오히려 이용하려 들면
자칫 마음을 닫게 됩니다.
보시는 대가를 바라거나
진심을 알아주기를 바라며
행하는 것이 아닙니다.
좋은 뜻을 곧이곧대로 믿지 못하는 상대방을
불쌍히 여겨 내가 보는 손해를 괘념치 않고

다시 한 번 손을 내미세요.
계속해서 열린 마음으로
좋은 업을 쌓아 나가야 합니다.

아기가 엄마의 품에 안기듯이 의지하고
다른 사람 때문에
사이가 멀어지지 않는
사람이야 말로

진정한
친구다

`숫타니파타`

때로 우정은 가족의 사랑과는
다른 종류의 위안을 줍니다.
외동인 경우 세대가 다른 부모님에게는
털어놓기 힘든 고민을 친구에게 말하며
의지하고 함께 공감하지요.

특히 청소년기에는 친구와만 가깝게 지낸다고
걱정하고 서운해하는 부모들이 있습니다.

깊은 우정을 나눌 줄 알아야
남에게 베풀고 믿고
사랑하는 마음을 더 많이 냅니다.

좋은 우정이라면 기다려 주는 것이 어떨까요?

" 마음을 쫓아가지 말고 "
마음의 주인이 되어라

`장아함경`

마음이 하늘도 만들고
지옥도 만들고
극락도 만드나니

146

마음이 시키는 대로 하라고들 하지요.
마음은 내 무의식의 욕망을 보여 줍니다.
욕망이 올바르다면 왜 확신 아래
결정하지 못하고 망설일까요?
마음이 속삭이는 길이 위험한 유혹인지, 거듭 생각해도
진정 내가 떳떳하게 원하는지 구분해야 합니다.

이성보다 마음에 귀 기울이되,
마음을 끈기 있게 들여다보고
최종 결정을 내릴 줄 알아야겠지요.

모든
지어진 것은
실체가 없다."

이렇게 지혜로써 깨달은 사람은
괴로움을 진실로 느끼지않아
일마다 자취를 깨끗이 한다.

'법구경'

148

영원하고 변하지 않는 것이 있을까요?

다치지도 병들지도 늙지도 않는 인간,

영원히 시들지 않는 나뭇잎, 풍파에 닳지 않는 바위가 있나요?

강물도 끊임없이 흐르고 순환해 같은 강물에

두 번 발을 담글 수 없고, 드넓은 하늘도 매 순간 달라지지요.

이런 이치에서 허무함만을 본다면 번뇌가 떠나지 않습니다.

무상함의 진리를 깨달아 편안해지면
괴로움의 고통도 흘려보내지 않을까요?

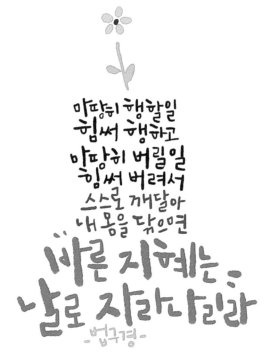

마땅히 행할 일
힘써 행하고
마땅히 버릴 일
힘써 버려서
스스로 깨달아
내 몸을 닦으면
바른 지혜는
날로 자라나리라
- 법구경 -

할 일과 버릴 일을 목록으로 적어 보세요.

하루나 일주일 단위의 목록을 작성하고 자주 점검하세요.

계획을 세워 본 사람이라면 알겠지만,

매일 계획대로 착착 돌아가지는 않습니다.

완수한 일은 하나씩 지우고
버릴 일에는 아무 미련 두지 마세요.

힘써 했는데도 못다 한 일은 때로
과감히 버릴 목록으로 넘길 줄 알아야 합니다.
이런 습관은 능력에 맞는 목표를 세우게 하고,
시간이 지날수록 미완의 일보다
완수한 일이 늘어나게 합니다.

남에게
수고의 괴로움을 끼쳐
내 공을 얻으려 한다면
재앙이 내게로 돌아와
원망과 미움이
끝없을 것이다.

-법구경-

'착취'라는 말이 공공연히 들려오는 세상입니다.

대학 교수가 학생의 연구 성과를 자기 것으로 취하고,

사장이 직원과 아르바이트생의 노동에

정당한 대가를 지불하지 않고,

비열한 사기로 남의 재물을 빼앗는 등

착취하는 자들 때문에 우리 사회에

눈물과 원망이 가득하지요.

착취자들은 당장에는

세속적 성공을 이룬 듯해도

마음은 지옥이고,
업보마저 영원히 그들을 쫓아다닙니다.

맑고 깨끗하여
가진것 없으매
내 생은 이미
편안하여라
하늘에 있는 광음천처럼
즐거움으로 양식을 삼자

-법구경-

광음천의 중생은 빛으로 소리를 대신합니다.
스스로 빛나는 존재로서 하늘에 사는 이들은
기쁨으로 양식을 삼고, 몸도 마음도 깃털처럼 가볍다 하지요.
하늘에서 내려와 땅에서 사는 우리는 빛을 잃었고,
몸도 마음도 무겁습니다. 혹시 꾸밈이 많고, 거짓을 전하며,
때로는 자신까지도 기만하는 언어의 무거움은

만족을 모르고 끊임없이 탐하는
욕심의 무게 때문이 아닐까요?

아무리 말을 꾸며
남을 해쳐도,
죄 없는 사람을
더럽히지 못하나니,
바람 앞에서 흩는 티끌같이
재앙은 도리어
자기를 더럽힌다.
-법구경-

남을 비방하는 말을 지어내는 사람은
자기 말이 사실이 아님을 압니다.
그러니 더욱 그럴듯하게 거짓을 부풀리고 다듬고 꾸미며,
그 과정에서 마음이 계속 사악해지고 더럽혀집니다.
게다가 들킬까 불안하여 더욱 악랄한 말을 내뱉지요.
결국은 주위 사람들도 하나둘 그를 멀리하고
그의 말을 의심합니다.

남을 흠집 내고 파괴하고자 하는 비뚤어진 마음에
가장 크게 다치는 사람은 바로 본인입니다.

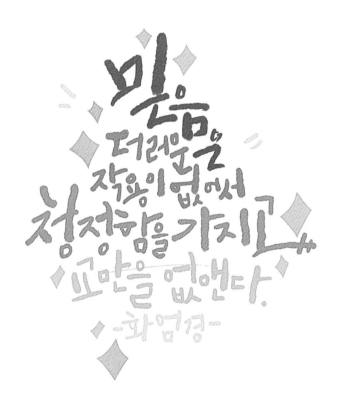

믿음은
더러운 작용이 없어서
청정함을 가지고
교만을 없앤다.
-화엄경-

믿음과 삶이 분리된 사람의 믿음은 거짓입니다.

진정한 믿음은 몸과 마음 자세의 밑바탕이 되며,

삶의 목표와 걸어가는 길을 두루 비추는 등불이 되지요.

믿으면서 의심하고, 믿으면서 멀리하고,
믿으면서 의지하지 않는다면
불신의 다른 표현일 뿐입니다.

청정한 믿음을 지닌 사람은
겸손하고 의심하지 않으며
욕심 부리지 않습니다.

부모의 약속을 믿는 아이처럼,
돌아올 봄을 믿으며
겨울잠에 든 동물처럼 말이죠.

5/17

"어떤 일이든"
패가 있는 법
패가 채 이르기도 전에
애를 쓰면 도리어
화를 당한다

- 백유경 -

밥을 짓거나 빨래를 말리려면
참고 기다리는 시간이 필요하지요.
성급한 사과는 사태를 악화시키고,
실무를 익힐 시간도 없이
현장에 투입된 초보자는 실수를 하기 쉽습니다.
악기 연주나 운동을 배우던 당시를 떠올려 보세요.
신나는 연주나 멋진 동작을 빨리 뽐내고 싶지만,
기초를 익히고 거듭 연습하는 과정을 생략할 수야 있던가요?

준비가 덜 되고 때가
아직 무르익지 않았다면
조바심치지 말고
차분히 기다려야 합니다.

재산이는
많이 모인 다음에
한꺼번에
보시하겠다고 한다면
잘못된 생각이다

- 백유경 -

우리는 대부분 평생 돈을 법니다.
생계를 유지하고, 가족을 부양하고, 집을 사고,
차를 사고, 취미 생활을 즐기고, 노후를 준비하고…….
돈을 버는 이유는 수백 가지지요.
끊임없이 돈을 벌고 쓰다 보면
돈이란 있다가도 없고
없다가도 있다는 말이 실감되지요.
있을 때는 있는 대로,
없을 때는 없는 대로 살아진다는 사실도요.

조금씩이라도
그때그때 베풀지 않으면
갈수록 주머니를 열기가
어려워진답니다.

조그만 즐거움을
버림으로써
큰 갚음을
얻을 수 있다면
'어진이는'
그 큰즐거움을 바라보고
조그만즐거움을 기꺼이 버린다.
'법구경'

시험 합격이 큰 즐거움이라면,

짧은 시간 동안 즐기는 잠이나 놀이는

조그만 즐거움이라 하겠지요.

그렇다면 깨달음을 얻고

번뇌에서 벗어나는 큰 즐거움을 위해

기꺼이 버릴 조그만 즐거움은 무엇일까요?

모든 쾌락을 죄악시하며

너무 엄격하게 생각할 필요는 없습니다.

우선은 각자 조그만 즐거움을

두루 경험하며 기뻐해도 괜찮으니까요.

그래야 미련 두지 않고
줄여 나가다
결국에는 기꺼이
버리지 않을까요?

깨달음의
시원한 달을,
번뇌없는
마음의 허공에 노닐고
마음의 물이 맑으면
깨달음의,
달그림자가
그 속에 나타난다
'화엄경'

깨달음을 왜 달에 비유했을까요?
도시의 불빛에서 멀어져 어두운 밤길을 걸어 보면
달빛이 얼마나 밝은지 실감합니다.
어두운 밤하늘에 떠오르는 달은
하늘의 어둠을 침범하지 않으면서도
세상 만물의 은은한 윤곽을 드러내 줍니다.
깨달음은 대낮의 찬란하지만 적나라한 햇빛보다는
밤하늘의 한 줄기 달빛을 닮지 않았나요?

달빛 아래 사위가
더 고요하고 뚜렷하고 예리해지듯,
깨달음은 우리 마음을
고요하게 안정시키고 지혜를 주지요.

참한 사람은,
악을 품지 않는 까닭에
몸과 마음이 편안하고,
악한 생각을
하지 않기 때문에
반드시 진리를 깨닫게 된다,

- 사십이장경 -

마음에 독이 가득한 채 애써 화를 억누르고,

사실은 아닌데도 괜찮은 척

자신을 속이는 것은 진짜 인내가 아니지요.

어쩔 수 없어서가 아니라, 지나가는 헛된 괴로움에

흔들리지 않기에 편안해야 합니다.

하루 중 언제든 따뜻한 차를 마시며

마음을 들여다보는 시간을 가지세요.

차 한 모금에 가슴속 응어리가

부드럽게 풀린다고 느끼며

마음에 걸리는 일들을

하나씩 보내는 연습을 해보세요.

잠 못 이루는 사람에게 밤은 길고
피곤한 사람에게 길은 멀듯이
진리를 모르는 사람에게
윤회의 밤길은 멀고 멀어라.

-법구경-

윤회의 수레바퀴에서 벗어나는 방법은

생과 사의 반복 속에서 번뇌와 업을 줄여 나가

깨달음의 길로 들어서는 것입니다.

편안한 잠을 청하려면 잠 못 이루는 원인을 없애야 하고,

발걸음이 납덩이처럼 무겁다면 잠시 쉬며 몸을 회복해야지요.

마음의 눈이 우매하여 밝은 길로 들어서지 못한다면

진실한 가르침을 듣고 몸소 실천하며
조금씩 시야를 밝혀 나가야 합니다.

어른을 존경하고
어진 이를 받들며
가르침을 받으면
오래 살고 아름다워지며
정신과 육체가
건강해진다.
-법구경-

연장자에게 예의를 갖추고

존경심을 품는 이유는

그들이 지나온 삶과

그 속에서 쌓인 지혜를

존중하기 때문입니다.

누구도 영원히 나이 들지 않고

젊을 수는 없지요.

10년 후의 내가 지금보다 현명해지고
마음이 편안하기를 바란다면,
그런 길을 먼저 실천한 이들에게 예를 갖추고
배우는 마음을 품어야 마땅합니다.
구식이라고, 가르치려 든다고,

대화가 통하지 않는다고
마음을 닫아 버리면
나 역시 나이 들어
같은 취급을 당할지 모릅니다.

사랑하는
마음을 닦으면
탐욕을 끄을 수 있고,
연민하는
마음을 닦으면
증오심을 끄을 수 있다.

열반경

174

사랑은 마음을 충만하게 하고,

연민은 자비심을 내게 합니다.

혹자는 소유욕과 집착을 사랑으로 착각하지요.

가련히 여기는 마음이 왜곡되고 비뚤어져

극단으로 가면 증오심이 되기도 합니다.

연민을 느껴 마음 쓰기보다

외면하고 부정하는 쪽을 택한 탓입니다.

진정한 사랑을 하는 사람은
사랑하는 마음 자체에서
우러나는 기쁨에 만족합니다.

연민을 아는 사람은 대상을 있는 그대로 인정하면서

도움의 손길을 내밀고 보듬습니다.

남의 선행을 보고
기뻐하는 마음을 일으키는것은
보시와 같은
공덕이된다.
-인과경-

길을 가다 어르신의 짐을 들어 드리는
젊은이의 모습을 보면 마음이 흐뭇해집니다.
유명인들의 기부나 봉사 활동 소식도
많은 사람의 마음을 따뜻하게 하지요.
선행은 직접적인 혜택을 받는 사람만이 아니라,
주변인들에게도 기쁨을 주고 본보기가 되어
덕과 복의 에너지를 퍼뜨립니다.
사람들의 진심 어린 축복을 받으면
마음에 행복이 가득 차오릅니다.

서로 격려하고
따뜻한 미소를 보내는 것 자체가
이미 넉넉한 베풂입니다.

스스로 분노를 다스릴 줄 아는 사람은
어둠에서 빠져나와 밝음으로 들어선다.
" 인내로 분을 이기고 "
선으로 악을 이겨라

법구경

어둠 속에서 길을 잃었다고 당황하거나 공포에 사로잡혀
불안에 떨면 어둠이 더욱 짙게 우리를 에워쌉니다.
그럴 때는 어둠에 눈이 익기를 기다렸다가 몸의 감각을
예리하게 깨워 조심조심 빠져나와야 하지요.
분노로 판단력이 흐려질 때도 마음의 감각을 깨우면
평상심의 빛을 볼 수 있습니다.

평소 마음을 자제하고
선함을 유지하려 노력한 사람에게
그 빛은 악의 어둠에도 결코
꺼지지 않는답니다.

사랑하고 아끼고
소중히 여기는 모든 것은
서로 떨어지기 마련이니
너무 근심하거나
괴로워하지마라

-잡아함경-

위로하기 가장 힘들고
결코 익숙해지지 않는 이별이 죽음이지요.
사람도 동물도 세상 만물도 영원히 함께일 수 없고,
주위를 둘러보면 수많은 사람이
이별의 아픔을 겪습니다.
그럼에도 죽음이 나와 연관된 경우의 상실감과 슬픔은
하늘이 무너지듯 느껴지지요.
그럴 때는 계속 이겨 내자 되뇌며
스스로 위로를 건네야 합니다.

슬픔을 함께 나누고
서로 기다려 주며
추억을 소중히 간직하는 법을
배워 가면서요.

구도자는
항상
=만족할 줄 알며,
가난해도 편안하게
깨달음의 길을 지키며
=오직 지혜로써 업을 삼는다.
'팔대인각경'

'조용한 곳에서 자연과 벗하며 살면 마음공부든,

깨달음이든 잘될 텐데' 하는 생각을 한 적 있나요?

이 또한 욕심이요, 만족을 모르는 생각입니다.

이런 생각으로 긴 세월 살다가

마침내 전원생활을 시작한다 한들

조건을 따지는 구도의 길에 얼마나 큰 발전이 있을까요?

지금 내가 있는 곳, 내가 처한 환경에 상관없이

늘 넉넉한 마음으로 수양하고
이웃에게 베풀려는 자세가 먼저입니다.

어둠 속에
보물이 있다해도
등불
없이는
보지
못하듯,
부처님의 가르침을
설해주는 사람이 없으면
슬기로워도 깨닫지 못한다.

'화엄경'

진리는 세상 어디에나 늘 존재합니다.
하나의 몸짓에 지나지 않던 존재가
이름을 불러 줌으로써 꽃이 된다는 시처럼
우리가 깨닫기 전에는 진리도 그저 스쳐 지나갈 뿐입니다.
평소 미처 보지 못하고 지나치는 풍경처럼 말이지요.
배우려 하지 않고 구도하려 하지 않으면
우리 정신은 깨어나지 못합니다.

늘 곁에 있는 말, 행동, 생각을
다른 시각으로 깊이 있게 바라보게 하는
가르침에 귀 기울이세요.

명상에서 지혜가 생긴다.

생과 사의 두 길을 알고,
지혜가 늘도록
자신을 일깨우라

- 법구경 -

우리는 하루 종일 외부 자극에 반응하고 바삐 생각하며 살지만,

정작 복잡한 내면을 들여다보지는 않습니다.

머릿속에서
잡다한 생각을 비우고
마음이 고요해지도록
집중해 보세요.

몰입 상태는 정신을 맑게 해주고 집중력을 높여 주지요.

하루 중 잠깐이라도 명상하는 습관을 들여 보세요.

외부의 모든 영향을 차단하고 나와 만나면

비로소 마음의 눈이 떠지고

지혜가 자랍니다.

자신보다
사랑스러운 것이 없고
지혜보다
밝은 것이없고
생각보다
빨리 변하는 것은 없느니라!

잡아함경

생각이 많다고 지혜로운 것은 아니지요.
지혜로운 이의 마음은 맑고 단순해서
번뇌에 휩싸이지 않습니다.
생각이 많은 이유는 자기 마음조차 잘 몰라
확신이 없고 이런저런 계산이 많아서입니다.
결국 진리의 길은 하나인데, 그 길을 보지 못하니
마음이 이리저리 갈피를 못 잡고 헤매지요.
끊임없이 변하는 생각에 휘둘리지 말고,

마음에서
번뇌를 걷어 내어
고요한 지혜를
따르세요.

눈을 보호하는 것은,
귀를 보호하는 것은,
코를 보호하는 것은,
혀를 보호하는 것은,
"착한 행동이다."
'법구경'

눈으로 보고 귀로 들을 때는

있는 그대로 신중하게 보고 들으세요.

코로 아름다운 향기를 맡는다면

기뻐하되 탐닉하여 현혹되지 마세요.

말은 되도록 아끼고,

아름답고 가치 있는 말을 신중하게 전하세요.

무엇보다 눈, 귀, 코, 혀를 보호하는 가장 착한 방법은

내 앞에 있는 사람을 존중하며
아름다운 미소를 나누어 주는 것입니다.
그것은 곧 나 자신을 보호하는 길이 되지요.

"천 칸의"
대궐이라고
하룻밤 자는데는
한 칸 방이오,
"만석의"
땅을 가졌어도
하루 먹기란
쌀 한 되뿐이다.

선가귀감

물을 아무리 따라도
컵은 제 용량 이상으로 담지 않습니다.
제 몸을 모두 채우고 나면
나머지는 어김없이 흘려서 버리지요.
한데 우리 욕심은 넘치는 줄도 모르고
오히려 갈망을 키웁니다.
재산을 불리고 또 불린들 베풀 줄 모르고
쌓아 두기만 하면 이 무슨 낭비인가요.

밑 빠진 독 같은 허영심을 채우려 하기보다
그때그때 남김없이 베푸는 삶이
보다 넉넉하고 풍족한 법입니다.

번뇌의 숲을 태우며,
능히 천상으로 가게하며,
능히 반배를 얻게한다

심지관경

누구나 잘못을 저지를 수 있지만,

누구나 참회를 하지는 않습니다.

스스로 인정하기 전에는

자신에게 아무 허물이 없다는 듯

행동하는 사람이 있지요.

자기 잘못을 인정하고 뉘우치는 것은
고귀한 용기입니다.

당장의 잘못이 아니라도 지난날을 돌아보며
작은 일도 진심으로 참회하는 마음을 가져 보세요.
상처 입은 사람이 있다면 사과도 전하세요.
잘못은 나쁜 업을 쌓지만,
참회하면 복이 두 배로 쌓입니다.

"욕심"은 발령된 생각에서
생기는 것이라

물에 비친 달과 같고,
메아리와 같고,
물거품과 같다.

이솝 우화에 이런 이야기가 나오지요.
뼈다귀를 주워 물고 가던 욕심 많은 개가
물에 비친 자기 모습을 보고는,
웬 개가 물고 있는 뼈다귀가 탐이 나 컹컹 짓다가
물고 있던 뼈다귀를 강물에 떨어뜨리고 맙니다.
이미 가진 것은 보지 못하고
허상을 쫓는 인간의 모습과 닮지 않았나요?

하나를 가졌는데도
다른 하나에 눈이 멀어
이미 가진 하나를 불만족스럽게
바라보는 것이
욕심의 함정입니다.

믿음을 가져서
가정이 화평하면
살아생전에
복과 좋은 일이
저절로 찾아온다
복이란 자신의 행위에서
오는 결과일 뿐,
결코 신이 내려주는
것이 아니다.

아난존자
불길홍경

행위가 없으면 결과도 없습니다.

아무것도 하지 않고 무언가를 바라는 사람이 있습니다.

출발선에 서서 결승선을 지나려 하거나,

씨를 뿌리지도 않고 수확하려는 사람과 같습니다.

이웃과 나누고, 미소를 보이고, 덕담하고, 노력을 기울이세요.

그래야 나눔과 미소, 기쁜 말과 뿌듯한 결과가 돌아오지요.

기도를 드리더라도 간절한 마음을 실천하는 행위가

따르지 않는다면 아무리 정성을 들인들

겉치레에 불과하고 맙니다.

계율의 덕은
땅보다 무겁고,
교만한 마음은
하늘보다 높다.
과거를 기억함은
바람보다 빠르고,
떠오르는 잡념은
풀보다 많다.

잡아함경

육신의 유한한 삶이 허무하다는 생각이 든다면
물리적 절댓값을 뛰어넘는 가치들을 떠올려 보세요.
땅보다 무겁고, 하늘보다 높고, 바람보다 빠르고,
풀보다 많은 것이 무엇이냐는 물음에
부처님은 이와 같이 화답하셨습니다.

마음의 무한한 가능성은 육신의
유한한 삶을 뛰어넘는 가치를 깨닫게 하지요.

곧 변치 않는 믿음을 마음에 품게 해 삶을
성실히 감사하며 채워 갈 힘을 줍니다.

바람을
마주하여
먼지를 털면
다시 나에게로 오듯이

미움을
미움으로 대하면
반드시 자기가 받는다

잡아함경

소설이나 영화 등에서
자주 보는 소재로 복수가 있습니다.
예컨대 자식이 부모의 원수를 갚고,
복수의 대상이 된 자의 자식이
다시 복수를 하는 식입니다.
이런 식으로 계속되면 원한은
끝없이 대물림될 수밖에 없지요.
애초에 누가 먼저 잘못했느냐를 따지는 것은
닭이 먼저냐 달걀이 먼저냐
따지는 짓처럼 부질없어집니다.

고리를 계속 이어 가기보다 먼저 끊는 쪽이
가장 용감하게 모든 원한을 푸는 사람입니다.

친구를
사귈 적에는
"이익을 추구하지 마라"
내가 이익을 추구하면
친구간에 의리가 상한다.
보왕삼매론

친구라 말하며 시기하거나
사사로운 이익을 바란다면
진정한 우정이 아닙니다.

친구가 잘되는 모습을 보면
내 일처럼 기뻐하며 분발하자고 다짐해 보세요.

사회적 지위가 아무리 서로 멀어져도
우정의 거리는 늘 같아야 건강한 우정이지요.
혹여 친구 덕이라도 볼 생각을 품는다면
격 없던 사이가 멀어지고 맙니다.
상대방의 우정도 실망 속에 순수함을 잃게 되지요.

서로 위하는 마음 외에 다른 것이
끼어들지 못하게 우정을 지켜야 합니다.

사회란 참다운
지혜가 빛나서
서로 알고 돕고
화합하는 집단이다
화합은 가정과 사회와 모든 집단의
생명이다.

열반경

개인 간의 대립 상황에서 한쪽이 한발 물러서며
진심으로 손을 내밀면 상대방도
멋쩍어서 양보하고 손을 맞잡습니다.
미워하는 마음이 가득한 상황에서
내가 먼저 물러서면 상대방이 더욱
기세등등하리라 흔히들 생각합니다.
하지만 의외의 양보 앞에서 사람들은 대개
부끄러움을 느끼며 마음속 화도 눈 녹듯 사라집니다.
세대 갈등, 계층 갈등, 지역 갈등도 마찬가지입니다.
어차피 함께 살아가는 사회에서

먼저 손 내미는 미덕을 발휘할 줄 알아야
성숙한 시민이 아닐까요?

"의심처럼
무서운 것은 없다.
의심이란 분노를 일으키는
근본 요인이며
두 사람 사이를 갈라놓는
독이 된다.
·아함경·

사랑하는 사람을 믿지 못한다면 불행해집니다.

의심은 마음을 갉아먹고 사랑을 변질시키며,

상대방이 상처를 입고 지치게 하지요.

믿지 못하는 사람에게는 아무리 믿음을 주고

진심을 표현해 봐야 소용없습니다.

상대방의 말과 표정, 행동을 받아들이는

마음이라는 필터에 의심의 독이 퍼져 있으니까요.

만약 상대방 마음에 의심의 독이 퍼져 있다면
우선 자기 마음을 들여다보고
근본적인 원인을 제거해야 합니다.

선한 뜻은
번개와 같아서
오면 밝고 가면 어둡다.
삿된 생각은
구름과 같아서
해를 보지 못한다.

－상혀계경－

수행이 깊어 마음의 눈을 뜨면
끊임없이 휘몰아치는 생각의 홍수 속에서
취할 것과 버릴 것을 가려내게 됩니다.
마음을 맑고 밝게 하는 생각이 있는가 하면
흐리고 어둡게 하는 생각이 있지요.

늘 선을 추구하고 실천할 때의 마음 상태를
가슴에 새겨 기억하려 노력해 보세요.

그러면 마음이 내 생각과 행동의 선한 정도를
스스로 알아 가르쳐 준답니다.

악한 일을
한 사람은
이 세상에서도 근심하고,
저 세상에서도 근심한다.
부서진 배를 타고
강을 건너는 것과 같다.

소부경전

세상 모두를 속인다 해도
자신을 속일 수는 없습니다.
죄책감과 내세에 대한 두려움은
일상의 모든 순간에 어둠을 드리우지요.
행복한 일이 있어도 웃음 짓는 내 얼굴을 마음이
조용히 비웃고 경멸하고 있음이 느껴집니다.
심지어 선한 일을 하는 순간에도
마음은 편하지가 않지요.

언제고 자기 잘못을 참회하고
응당한 대가를 치를 때까지
마음의 감옥은 사라지지 않습니다.

게으름피우지말고,
힘차게
일어나 !!

바른 법을 따라
몸소 행하면,
어느곳에 있어도
편안하고, 근심 없으리라

법구경

일을 미루면 해야 할 일은 그대로 나를 기다리지만
시간은 헛되이 흘러가 버립니다.
할 일을 마음에 담아 둔 채
게으름을 피우면 마음도 편치 않지요.

자신이 원하는 일이 있다면 계획을 세우고
그에 따라 책임감 있게 실천해야만 이루어 냅니다.

속도가 버거우면 느리게 하면 될 뿐,
헛되이 시간을 낭비하면 행복은 달아나고
몸도 마음도 후회만 떠안고 말지요.

보살은,
자신을 낮추고,
남에게 은혜를 베풀되
겸양하여
사람들로 하여금
겸손을 터득하게 한다.
'수호국계주경'

마음을 닦으려면 먼저 겸손해야 합니다.

항상 자신을 낮추고

남을 존중하는 것이 수행의 근본이지요.

아무리 훌륭한 사람이라도 자기 잘남을 의식하고

티를 내면 교만심이 생기고 상대에게 거부감을 줍니다.

결국 스스로 퇴락하여 거만하고 못난 사람이 됩니다.

조금 부족한 사람이라도 자기 부족함을 알고
노력하면 보다 나은 사람이 되지요.
사람들도 그를 존경하며 본받으려 합니다.

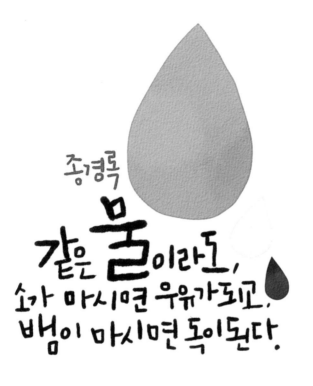

종경록

같은 물이라도,
소가 마시면 우유가 되고,
뱀이 마시면 독이 된다.

어떤 물건이든 쓰임새에 따라 고마운 도구가 되기도 하고,
무서운 흉기가 되기도 하지요.
같은 풍경을 봐도 마음이 슬프면 스산하게 보이고,
마음이 즐거우면 아름답게 보입니다.

우리 마음도 마찬가지입니다.

아름다운 말을 듣고 행복한 세상을 보려면

마음에 아름다움과 행복이 자리하고 있어야 합니다.

마음의 눈과 귀가
곧 나를 투영하는 창이니까요.

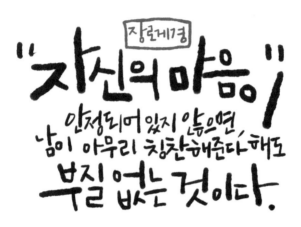

"자신의 마음이" 안정되어 있지 않으면, 남이 아무리 칭찬해준다 해도 부질 없는 것이다.

평정심을 유지하는 사람의 마음은 조용하지만 강합니다.

불안정한 마음은 바람에 나뭇잎이 흔들리고

촛불이 불안하게 춤추다 꺼지는 것과 같습니다.

안정된 마음은 사방이 고요하여 광야에서도
촛불이 흔들리지 않고 타오르는 것과 같습니다.
마음이 불안정한 사람은 칭찬을 듣고 기뻐하다가도
작은 비난 하나에 이내 기쁨을 잊고 절망하지요.

일희일비하는 마음은
나약함의 증거입니다.

마음을 쓰지만
항상 비었으니
실제가 있다고 할 수도 없고
텅 비었지만
마음 씀이 있으니
또한 없는 것도 아니다.

달마대사
안심법문

마음은 그림자나 바람처럼
있으면서도 없는 오묘한 것이지요.
그림자는 눈에 보이지만 빛과 형체가
일시적으로 만들어 낸 하나의 상일 뿐,
만질 수도 잡을 수도 없습니다.
바람은 느껴지지만 공기의 흐름일 뿐,
볼 수도 잡을 수도 없습니다.
실체가 없어도 그림자는 드리우고 바람은 불어오며,
아무도 그림자와 바람을 부정하지 않습니다.

마음도 그 오묘함은 끝내
알 수 없을지라도 부정하지 못하니,
잘 쓰는 것만큼은 오직 자기 몫입니다.

노여움은
바른 나무와 같고

노여움은
불길과 같다.

따라서 노여움이 일어나면,
남을 태우기 전에
먼저 자신을 태운다. -대장엄경론-

내 안에서 일어난 악은
맨 먼저 나를 괴롭힙니다.
아무리 타인을 향해 있을지라도
불씨는 내 안에서 시작될 수밖에 없으니까요.
화를 내면 내 마음은 화로 가득하고,
미워하면 미움으로 가득합니다.
나를 망치고 괴롭히고
악하게 하는 감정을 허용하지 마세요.
노여움의 불길이 나를 태우지 않게 하는

인내를 배우고
마음 닦으며 선으로
악을 이겨 내야 합니다.

바른 진리를
보았다 하더라도,
항상 부지런히
닦지 않는다면
탐욕에 섞여버리게된다.
항상 자신을 닦는데
게을리 해서는 안된다.
"성실론"

집안일은 아무리 해도 티가 나지 않지만,

하루만 손을 놓으면 바로 티가 나지요.

매 순간 보이지 않게 내려앉는 먼지처럼 우리 마음에도

온갖 유혹이 호시탐탐 스며들 곳을 노리고 있습니다.

매일 집 안을 쓸고 닦기보다

한참을 내버려 뒀다가 청소하면 더 힘이 들지요.

마음에 불순함이 섞여 버리면

닦아 내기가 훨씬 힘이 듭니다.

한번 먹은 선한 마음도

안심하지 말고

돌보며 잘 다스려야겠지요.

인욕은,
천상에 태어날 수 있는
사다리여서
윤회의 공포에서 탈출하게 된다.
만약 이를 수행하면
지옥의 고통에서 벗어난다.
제법집요경

발이 푹푹 빠질 만큼 쌓인 눈은
따뜻한 공기와 햇볕을 만나야
조금씩 녹아 사라집니다.

살면서 거듭 악업을 지으면 꽁꽁 얼어붙은
만년설처럼 결코 녹지 않고 쌓인 업이 우리를 기다립니다.
인욕으로 눈을 녹이며 사노라면 발걸음이 점점 가벼워지지만,
수행도 보시도 멀리하고 업을 쌓아 나가면
결국 발목을 지나 무릎, 허리, 목까지 쌓인 눈처럼 업에
스스로 갇혀 영원히 고통스러워하게 됩니다.

"어리석어
지혜가 없는 사람은,
모든 일을 뒤로 미루는 게으름에 빠지고,
생각이 깊어서
지혜가 있는 사람은,
부지런함을 기틀로 보배를 쌓는다.'
· 법구경'

230

작은 차이도 누적되면 큰 격차가 됩니다.
지혜로운 사람은 미래를 내다볼 줄 알기에 매일매일 성실하게
자신의 목표를 향해 정진하며 보람과 행복을 느낍니다.
반면 어리석은 사람은 작은 게으름이 누적되면
어떤 결과를 낳을지 내다볼 줄 모르기에 게으름을 피웁니다.
혹은 한탕주의에 빠지거나 편법을 써서
지름길로 가려다가 화를 당합니다.

무엇이든 이루고자 한다면
미적거리지 말고
일단 행동하세요.

복잡하고 분주하게 보내는 나날,
돌아와 생각하면 빈 껍질뿐
후회와 번민하는 일 다시는 없게,
고편안한 마음으로
고요즐기네..

-법구경-

집에 돌아와 혼자가 되었을 때,
유독 말을 많이 했다는 생각이 드는 날이 있지요.
혹시 마음이 조급하거나 외로운 날은 아니었나요?
축제가 끝난 광장,
연극이 막을 내린 무대는 쓸쓸함을 느끼게 합니다.
허전하고 외로운 마음을 떠들썩함으로
채워 보려 한들 축제는 언젠가 끝나기 마련입니다.
그 후에는 큰 허전함과 외로움이 찾아오지요.

고요함을 즐기면서 마음의 충만함으로
허전함을 달래 주세요.

성실,
자기절제,
관대함
인내심:
세상에 이 네가지보다
더 나은 것이 있다면
다른 수행자들에게
물어보라
숫타니파타

돈으로 살 수 있는 것을 수만 개 가진 사람보다,
돈으로 살 수 없는 것을 단 몇 개만 가진 사람이
더 행복하고 부자일 수도 있습니다.
세상의 미덕은 거창하지 않으며
우리 손이 닿지 않는 저 높은 곳에 있지도 않습니다.
스스로 자기 마음을 닦고 배우고 깨달으면
누구나 기쁨을 경험할 수 있지요.

성실하고 자기를 다스릴 줄 알며
관대하고 인내하는 마음.
실로 이보다 나은 것이 있을까요?

스스로

겸손하여
잘 참는 사람은,
마음이 고요하고
행실도 바르다.
좋은 말은 채찍을 받지 않듯이
비난과 모함도 받지 않는다.

가끔은 자신을 외부에서 바라보는

관찰자가 되어 보세요.

조금 떨어져서 보면 보이지 않던 것도 보이고,
좀 더 객관적인 시선으로 판단을 내릴 수도 있지요.

자신을 제대로 보려 노력하고

훈련하는 사람은 순간적인 감정에 휘둘려

말과 행동을 그르치지 않으며 신중합니다.

스스로 흠을 잡지 못하는데 다른 누가 나의 흠을 잡고

마음을 휘저어 흐리게 할까요?

조그만 즐거움과 미미한 말재주,
반딧불만한 지혜로 그치지 말고
"큰 모든 것을 살펴
것을
구하라"
그래야 비로소
큰 기쁨을 얻는다.
- 사십이장경 -

재치 있고 유쾌한 말과 행동으로
좌중을 즐겁게 하고 분위기를 띄우지만,
그 순간이 지나면 특별한 인상을
남기지 않는 사람이 있습니다. 왜일까요?
말이든 행동이든 깊이가 없으면
부담 없이 즐길 순 있어도
가볍고 오래가지 않는 법입니다.
표면만 훑어서야 깊숙이
숨겨진 보물을 찾을 수 없지요.

튀는 행동이나 말을 하지 않아도 헤어진 후에
더 생각나는 사람이 큰사람입니다.

높은 하늘에도, 깊은 바닷속에도, 산속 굴 안에도,

저지른 죄악의 과를 피할 곳은
아무곳에도 없다네,
-법구경-

원인이 있는데 결과가 없을 수는 없지요.
이미 일어난 일은 돌이키지 못하고
결과를 피하지도 못합니다.

아무리 외면하고 부정하면서 스스로 기만해 봐야

화살은 벌써 시위를 떠났음을 누구보다 자신이 잘 압니다.

그래서 도망자의 마음은 이미 지옥입니다.

잡힐까 불안하고, 죄책감에 사로잡히고,

하늘도 땅도 무섭지요. 세상 끝까지 도망친다 해도

화살은 목표물에 박히기 전에는

멈추지도 사라지지도 않습니다.

오는 것을
막지말고,
가는 것을
붙잡지말며,
나에게 잘 해주기를
바라지말고,
지나간 일을 원망하지 말라

숫타니파타

우리는 비가 오면 우산을 펴고,
바람이 불면 옷깃을 여미고, 날이 저물면 불을 밝힙니다.
누구도 비 내리고 바람 불고 날 저무는 현상을
거스르거나 막으려 하지 않습니다.
순리에 따르는 삶도 이와 다르지 않습니다.
행복과 고통, 만남과 헤어짐, 우연과 인연 등
무엇이든 오고 가는 대로 순간에 충실해야 합니다.

베푸는 기쁨과
만족의 즐거움을 알면
경험이 쌓이고 마음도 넓고 깊어져
순리 속에서 진리를
발견하게 됩니다.

모든
강물이
바다에이르면
강으로서의 이름은
없어진다.
그처럼 사람도
불법이라는
바다에서는
평등하다.

'증일아함경'

나를 중심으로 여기는 좁은 마음으로
세상을 보면 어떻게 될까요?
세상의 크기는 그만큼 좁아지고,
사람을 대하는 동안에는 편협한 잣대가 작동합니다.
자기가 귀한 만큼 다른 사람도 귀한 존재이거늘,
대체 어떤 기준으로 사람의 귀천을 나누고
차별할 수 있을까요?

세속의 지위나 재산, 명성을
영원한 가치인 양 착각해서는 안 됩니다.

그것은 바다로 흘러가는 강물에 자기 이름을 새기려는
헛된 몸부림에 지나지 않습니다.

정진을 하는동안,
너무 조급하면
들뜨게되고,
너무 느리면
게으르게 된다.
너무 집착하지도 말고
방일하지도 말라
- 잡아함경 -

지구력이 필요한 운동인 마라톤에서
가장 중요한 것은 완급 조절입니다.
긴 거리를 달려야 하는 만큼 초반에
너무 속도를 내면 몸의 리듬이 흐트러져 버립니다.
그렇다고 느리게만 달리면 너무 뒤처져
남은 거리 동안 만회하기가 힘듭니다.
멀리 꾸준히 나아가려면 자신의 힘과 능력에 맞춰
빠르지도 느리지도 않게 속도를 조절해야지요.

마음 쓰씀이도 한곳에 얽매이지 않게,
모든 것에 무심하지도 않게
조절해야 합니다.

오늘, 내 마음이 듣고 싶은 말

초판 1쇄 인쇄 2016년 5월 10일
초판 1쇄 발행 2016년 5월 17일

지은이 해성
캘리그래피 이단비

펴낸이 박세현
펴낸곳 팬덤북스

기획위원 김정대·김종선·김옥림
영업 전창열
편집 김종훈·이선희
디자인 강진영

주소 (우)03966 서울시 마포구 성산로 144 교홍빌딩 305호
전화 070-8821-4312 | **팩스** 02-6008-4318
이메일 fandombooks@naver.com
블로그 http://blog.naver.com/fandombooks

등록번호 제25100-2010-154호

ISBN 979-11-86404-55-3 03810